O GATO E O NOVELO DE LÃ

LILIANA & MICHELE IACOCCA

COLEÇÃO LABIRINTO

editora ática

Certo dia, o gato cinzento, passeando à toa pela casa, viu bem no meio da sala um novelo de lã vermelha.

“Que sorte que eu tenho!”, pensou o gato. “Eu sempre quis ter um casaco vermelho para combinar com o meu pelo cinza.”

E, enquanto pensava na sorte que tinha, o gato foi puxando a ponta do fio do novelo de lã.

Mas logo ele se deu conta de que não sabia tricotar e menos ainda fazer casaco de lã.

“Que azar que eu tenho!”, pensou o gato.

E, enquanto pensava no azar que tinha, o gato foi puxando, puxando, e o fio do novelo de lã se desenrolando.

"Que alegria que eu sinto!", pensou o gato. — Nunca me diverti tanto na vida.

E, enquanto pensava na alegria que sentia, o fio do novelo de lã ficou todo embaraçado.

“Em que confusão eu me meti!”, pensou o gato.

E, enquanto pensava na confusão em que tinha se metido, ele ouviu passos se aproximando.

“Deve ser a dona do novelo que vem chegando!”, pensou o gato.

E, para sair da confusão em que tinha se metido, o gato tentou enrolar de novo o fio do novelo de lã.

Mas foi ele que acabou se enrolando no fio.

— Ai, Ai! Socorro! — gritou a dona do novelo. — Tem um bicho vermelho na sala! Socorro!

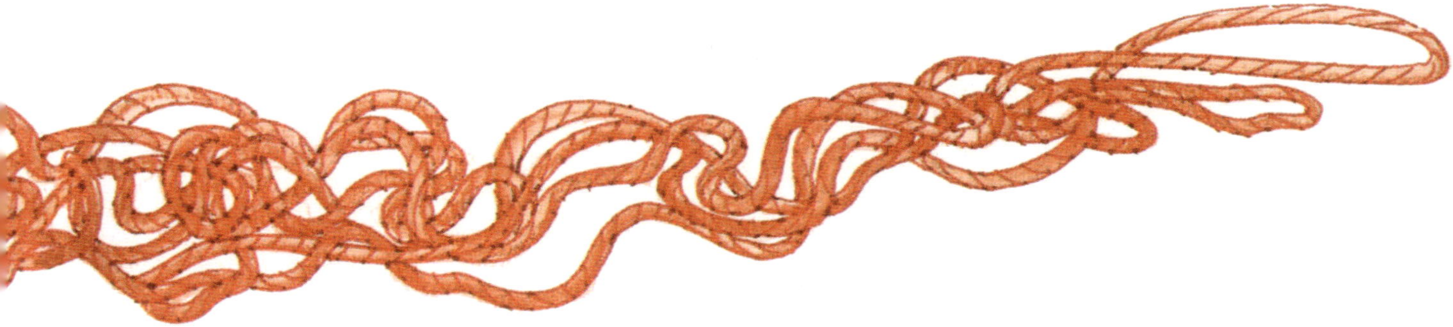

O gato, então, começou a tremer, ficou com os pelos eriçados, os olhos esbugalhados, não se aguentando de medo do bicho vermelho que a dona do novelo tinha visto.

"Nunca senti tanto medo na vida!", pensou o gato.

E, enquanto pensava no medo que sentia, a dona do novelo percebeu que o bicho vermelho era o gato cinzento enrolado no fio do novelo de lã.

— Vem cá seu trapalhão — ela falou. — Você me pregou um belo susto.

“Você também”, pensou o gato, e pulou no colo da dona do novelo.

— Se eu conseguir desenrolar estes fios, vou fazer um lindo casaco para você.

“Como sou feliz!”,
pensou o gato.

Esta edição contém o mesmo texto ficcional das edições anteriores

O gato e o novelo de lã
Texto © Liliana Iacocca, 1988
Ilustrações © Michele Iacocca, 1988

Diretoria de conteúdo e inovação pedagógica Mário Ghio Júnior
Diretoria editorial Lidiane Vivaldini Olo
Gerência editorial Paulo Nascimento Verano
Edição Elza Mendes

Arte
Ricardo de Gan Braga (superv.), Soraia Pauli Scarpa (coord.) e Thatiana Kalaes (assist.)
Projeto gráfico Thatiana Kalaes

Revisão
Hélia de Jesus Gonsaga (ger.), Rosângela Muricy (coord.), Gabriela Macedo de Andrade e Brenda Morais (estag.)

Iconografia
Silvio Kiglin (superv.), Cesar Wolf e Fernanda Crevin (tratamento de imagem)

CIP-BRASIL. CATALOGAÇÃO NA FONTE
SINDICATO NACIONAL DOS EDITORES DE LIVROS, RJ

I12c
4. ed.

Iacocca, Liliana, 1947-2004
O gato e o novelo de lã / Liliana Iacocca; ilustração Michele Iacocca. - 4. ed. - São Paulo : Ática, 2015.
16 p. : il. ; (Labirinto)

ISBN 978-85-08-17217-7

1. Literatura infantojuvenil brasileira. I. Iacocca, Michele, 1942-. II. Título. III. Série.

15-21536 CDD: 028.5
CDU: 087.5

Código da obra CL 738880
CAE 544156

2017
4ª edição
3ª impressão
Impressão e acabamento: Corprint Gráfica e Editora Ltda

editora ática
Direitos desta edição cedidos à Editora Ática S.A., 2015
Avenida das Nações Unidas, 7221
Pinheiros – São Paulo – SP – CEP 05425-902
Tel.: 4003-3061 / atendimento@atica.com.br
www.atica.com.br